엘리트 시선 24

바람의 고백

이 종 규 시집

엘리트출판사

국립중앙도서관 출판예정도서목록(CIP)

바람의 고백 / 지은이: 이종규. — 서울: 엘리트출판사, 2018

   p. :   cm

ISBN 979-11-87573-13-5 03810 : ₩10000

한국 현대시[韓國現代詩]

811.7-KDC6
895.715-DDC23   CIP2018011905

바람의 고백

이 종 규 시집

엘리트출판사

열정으로 달려가는 길…

　인연에서 빚어진 의리와 인정에 끌려 '돌아서 가는 길'을 택해야만 했습니다. 후회하지 않는 길이라 바람처럼 바쁘게 살며 남들보다 많이 뛰고 있습니다. 험한 길에서 사람들과 여러 회사를 만나면서 보고 느낀 점도 많았고, 부딪히는 슬픔과 기쁨도 겪었습니다. 그런 경험을 통해 늦게 철이 들면서 삶의 의미도 깨달았습니다.

넓고 멀기만 한
돌아서 가는 길
험난하고 슬프지만
색다른 경험과 기쁨의 길.

　인격 수양을 위해 문학에 기웃하던 중 "등단은 했느냐? 시집은 있느냐?"는 주변의 물음에 고민도 했고 자존심도 상했습니다. 평소에 낙서하며 써온 글을 용기 내어 부끄럽게 선보이는 시집입니다. 가슴으로 하던 말을 감정의 의미를 새기며 그대로 적었습니다. 많은 충고와 격려로 사랑해 주시기 바랍니다.

뜨거움은 에너지
성숙의 원천
역전하는 계기와 힘
열정의 위대함이 있는
뜨거운 시절이 인생의 황금기!

　살면서 자신을 돌아보는 기회가 필요한 인생의 중반에서 뜨거
움을 확인하고 에너지와 열정도 점검해 봅니다. 일을 사랑하면
서 다듬은 나의 작은 경험과 노하우는 후배들에게 도움이 될 때
아낌없이 전해주고 싶습니다. 성숙한 열정으로 맡은 일에 열중
하고 사회에 기여하며 문인의 역할에도 충실하고자 합니다.

　각별한 관심과 애정으로 지도해 주신 장현경 평론가님께 감사
드리며, 출판에 애쓰신 마영임 편집장님과 관계자 여러분께 감사
드립니다. 문학의 길로 안내하신 김기진 선생님께 감사드리고,
묵묵히 이해하며 인내해 준 소중한 가족에게 감사를 전합니다.

　삶의 가치를 공유하는 사람들이 좋은 세상! 독자 여러분을 존
경하며 사랑합니다. '사랑과 소통의 문화'가 흐르는 맑은 세상을
위해 함께 노력하겠습니다. 감사합니다.

2018년 봄

백운재에서 文贊 이종규

퍼즐처럼 맞춰보며 감상하는 시

안 용 태
- 대한골프전문인협회 이사장

'시집 발간? 아, 그래서 그렇구나!'

문득 지난날 삼라만상을 쉽게 요약하던 이 작가의 모습이 떠오른다.

일상의 사회생활에서도 순간적인 압축 멘트가 예사롭지 않다고 여기던 참이었다. 보석이었지만 스스로 빛을 감추던 그의 성품까지 이제야 퍼즐처럼 일치함을 느끼게 된다.

모처럼 초간으로 발간되는 시집이지만 글을 읽는 분들은 그글 속에 담긴 의미도 퍼즐처럼 맞춰보며 읽어간다면 글에 담긴 그의 마음을 훔치는 재미가 배증될 것 같다. 그리고 만나지 않아도 교감이 되는 즐거움도 있으리라.

아무튼 축하합니다. 언제나처럼 밝고 성실함에서 우러나는 긍정의 바이러스를 제2집, 제3집에서도 아름답게 담아내어 속간되기를 기대합니다.

봉사하는 자랑스러운 문인

전 병 만
– 재경고양시영남향우회 회장

아끼는 고향 후배가 시집을 발간하여 누구보다 기쁩니다.

평소 말과 행동이 차분하고 모범을 보였던 이종규 시인은 어려운 상황에서 『바람의 고백』 시집 발간을 진심으로 축하합니다. 세상을 보는 모습과 느낌을 아름다운 글로써 표현하고 작품으로 만들어 낸 노고에 찬사를 보냅니다.

인고의 시간을 가지면서도 흔들리지 않고 최선을 다하는 성실한 삶으로 직장생활에 충실하면서 틈나는 대로 지역 사회에 봉사하는 활동은 요새처럼 각박한 세상에 보기 드문 인물임을 알았습니다.

시인은 앞으로도 더 좋은 글과 함께 더욱 활기찬 재능 활동을 하면서 인생을 꽃피우며 윤택한 삶을 가꾸어가리라 봅니다.

많은 독자분과 사랑하며 함께하는 행운을 빕니다.

지도자의 책임감을 칭찬하며

김 기 현
– 칭찬대학교 총장

　문학과 사람들을 사랑하는 이종규 시인의 시집 발간을 축하 드리며 리더의 열정과 책임감에 찬사를 보냅니다.

　도종환 시인은 '흔들리지 않으며 피는 꽃은 없다'고 했지만, 시인은 어려운 상황에서도 흔들리지 않고 목표를 실천하고 약속을 지키는 사나이라고 칭찬 드립니다.

　여러 기업체의 어려운 환경에서 경영과 컨설팅 역할을 훌륭히 수행하였고, 대학원 최고경영자 과정에서도 원우로서 솔선수범한 인품은 고개를 숙이게 했습니다.

　'새로운 도전과 변화'를 창조해가는 작가는 직장에 충실하면서 여가에는 문학 활동과 사회에 봉사하더군요. 특히 '미인대칭 운동, 칭찬박사 운동'을 배우고 실천하고 전파하여 살기 좋은 희망과 행복의 대한민국을 만들어가는 초일류 리더입니다.

　시집 『바람의 고백』은 아름다운 인생을 열심히 사는 멋진 독자분들께 추천해 드립니다.

유년 시절 웅변과 글짓기를 잘 하던 친구였는데 드디어 시집을 출간한다니 더없이 기쁘다. '시를 위해 시를 쓰라'는 말처럼 장식이 아닌 초심으로 시화를 펼쳐내는 들꽃 같은 시인이기를.

— 이창기(초등친구, 수필가)

용기를 잃지 않고 도전하는 삶에서 시집 발간은 의미 깊고 자랑스럽다. 선량하면서도 강인한 친구는 더욱 활발한 열정의 성과를 창출하리라….

— 정종부(중학친구, 정암 대표)

서정적이면서도 절제된 표현으로 진솔하게 삶을 노래하는 종규 친구의 시집 발간을 축하하네. 멋있는 작가로 독자의 사랑을 듬뿍 받기를 바란다.

— 최재천(고교친구, 삼성파인스 대표)

'자연과 사람과 고향을, 사랑과 추억과 그리움'을 노래하는 친구는 진정한 이 시대의 낭만 가객! 순수한 감성과 느낌을 담아낸 시집 발간을 축하하네.

— 김종국(대학친구, 백석예술대 겸임교수)

개띠 해를 맞아 친구가 60사이클 애환을 시집에 담아 출간한다니 이 기쁨을 어찌 표현하리요. 더 훌륭한 글과 시집 발간으로 한국 문단에 등불이 되길 소망하네.

— 이현종(직장친구, 우림선박 대표)

시집 발간을 축하드리며

바른길을 고집하며 절제와 인내, 긍정의 사고로 사시는 모습을 존경합니다. 바쁜 중에도 틈틈이 메모하는 아버지의 생활 속에서 뜻깊은 시집 『바람의 고백』 탄생을 축하드립니다. 밝은 모습 그대로 행복한 직장 생활, 유익한 창작 활동을 기원합니다.

— 아들 이규원 올림

아빠는 자기관리는 철저하지만 타인에게 냉정하지 못하여 힘든 길을 택하셨고, 가족은 챙기지 않고 세상을 밝게만 보기에 원망도 했습니다. 크면서 아빠의 인간미와 예의범절을 본받게 되었고, 직장에 충실하면서 취미와 봉사 활동을 하시는 아빠를 존경합니다. 이제는 자신을 위한 삶을 누리시길 바라며 축하드립니다.

— 아들 이준원 올림

어려운 상황에서 엉뚱한 취미 생활을 하며 마음 편하게 사는 모습이 얄미웠습니다. 혼자서 아픔을 참고 가슴으로 달래었음을 알게 되면서 측은한 마음도 있었지요. 긍정의 사고로 최선을 다하는 열정과 진솔함이 당신을 지탱해 주는 멋! 삶의 용기와 고백, 서정적 사랑이 담긴 시집 발간을 축하합니다.

— 아내 김영순

바람의 고백

쫓기는 일상은
쉬어 가란 눈치도 없이
숨 가쁜 바람으로 스쳐 간다

시간을 쪼개어
집착하는 현실이
가끔 거짓의 슬픔에 잠긴다

낯설게 속삭이는
야속한 삶의 무게는
서툴고 긴 시련으로 남고

신뢰의 자존심은
순정과 진실을 고백하며
때 묻지 않은 가난으로 운다

마른 가지에
촉촉이 눈물 맺힌 응어리가
봄바람에 흔들린다

잃어가는 하루하루
바람 속에서 갈등을 한다.

□ 시인의 말: 열정으로 달려가는 길 … 4

□ 축하의 글: 퍼즐처럼 맞춰보며 감상하는 시 … 6

□ 축하의 글: 봉사하는 자랑스런 문인 … 7

□ 축하의 글: 지도자의 책임감을 칭찬하며 … 8

□ 축하의 글: 친구들의 메시지 … 9

□ 축하의 글: 시집 발간을 축하하며 … 10

□ 여는 시: 바람의 고백 … 11

제1부 사랑이 꽃피는 언덕

새벽 … 18

꽃등 … 19

봄꽃 향기 … 20

벚꽃길 … 21

사랑이 꽃피는 언덕 … 22

봄의 향연 … 23

해 뜨는 아침 … 24

봄의 길목 … 25

3월의 첫날 … 26

2월의 찬가 … 27

동해의 꿈 … 28

마산 앞바다 … 29

연천의 봄 … 30

제2부 남한강의 아침

32 ⋯ 유월에는

33 ⋯ 일의 가치

34 ⋯ 첫사랑의 추억

35 ⋯ 그리움

36 ⋯ 빛

37 ⋯ 꿈의 숲

38 ⋯ 어머니의 사랑

40 ⋯ 풀잎 사랑

41 ⋯ 나팔꽃 사랑

42 ⋯ 청정의 나라

43 ⋯ 진실

44 ⋯ 수평선

45 ⋯ 변심

46 ⋯ 남한강의 아침

47 ⋯ 그리운 이웃

48 ⋯ 저녁노을

49 ⋯ 선보는 날

50 ⋯ 마음의 향기

51 ⋯ 배려

52 ⋯ 대화

제3부 산다는 것은

그늘에서 ··· 54

달밤의 소통 ··· 55

생일을 축하하며 ··· 56

산다는 것은 ··· 57

욕심의 굴레 ··· 58

인생의 가치 ··· 59

공장의 별빛 ··· 60

장날 ··· 61

빈 의자 ··· 62

위대한 100세 ··· 63

무의도 해변 ··· 64

낙동강의 진실 ··· 66

기다리는 사랑 ··· 67

디딤돌 ··· 68

잃어버린 나 ··· 69

아버지의 길 ··· 70

보고 싶은 친구 ··· 71

여름날의 오후 ··· 72

초병(哨兵)의 밤 ··· 73

깨끗이 산다면 ··· 74

제4부 가을밤의 노래

76 … 대추나무

77 … 가을 무정

78 … 짧은 가을

79 … 고향 마을

80 … 사랑방

81 … 금오산 기슭

82 … 친구에게

83 … 가을 산책

84 … 시장(市場)의 인내

85 … 가을밤의 노래

86 … 고향 생각

87 … 가을밤

88 … 기회

89 … 전역을 앞두고

90 … 참사랑

91 … 서리

93 … 입추의 선물

94 … 가을바람

95 … 봉황대

96 … 살아가는 길

제5부 첫눈 오는 겨울

첫눈 오는 겨울 … 98

한해를 보내며 … 99

소문난 국밥집 … 100

12월의 노래 … 101

슬픈 오늘 … 102

가로등 … 103

소문 … 104

고독 … 105

유학사의 추억 … 106

눈길을 걸으며 … 107

기다림 … 108

젊음의 소리 … 109

강남의 거리 … 110

지혜로운 삶 … 111

봄에 떠난 임 … 112

일하는 보람 … 113

어느 겨울 … 114

□ 평론: 고뇌를 통한 존재의 抒情 詩學〈장현경〉 … 115

제1부

사랑이 꽃피는 언덕

희망이 눈을 뜰 때
마음이 열리고
별빛이 어둠을 밝힐 때
따스한 손길은 다리를 놓는다

새벽

먼 산 넘어오는
미풍의 속삭임에
적막의 새벽이 흔들린다

고요를 깨우는
생동의 소리들이
안개꽃 한 아름 피우며
용기와 희망을 부추긴다

출발의 전주곡에
여명은 붉게 춤추고
싱그러운 산천이
아침을 연다.

꽃등

살랑살랑 봄바람에
꽃길은 열리고

어둠이 내리니
축제의 등을 만드네

문득
길을 잃어 헤맬 때
풋말처럼 미소 짓고
넉넉히 내 걸음 밝혀 줄
한 송이 꽃등

길가에 풀들은
방긋방긋 웃고 있네.

봄꽃 향기

바위틈에
이슬 맺힌 꽃봉오리
아픔의 눈물인가
기쁨의 선물인가!

모진 고통 이기며
꽃망울 터트릴 때
가냘픈 꽃잎에도
절절한 애환이 서려 있네

애타는 그리움에
하늘거리는 버들가지
아지랑이 아롱대는 바람결에
수줍게 실려 오는 봄꽃 향기

따사로운 햇살에
꽃잎은 눈물 감추고
기쁜 봄날은
꽃동산으로 물들고 있네.

벚꽃길

미풍의 속삭임에
꽃길이 열리고
봄비가 외로이 노래한다

가로등 불빛에
벚꽃나무와 안개비는
한 폭의 풍경으로 어우러진다

무리 지어 흩날리는 꽃잎
하얗게 길은 밝혀지고
사뿐이 내딛는 사랑의 흔적에
4월이 익어간다

화려한 세상의 벚꽃은
봄노래 가득한 나의 길로
라일락 향기 부르며 손짓한다

환상의 산책길은
생동하는 그림자 흔들며
아름다운 작별의 춤을 춘다.

사랑이 꽃피는 언덕

희망이 눈을 뜰 때
마음이 열리고
별빛이 어둠을 밝힐 때
따스한 손길은 다리를 놓는다

몰래 오가며
온정을 베푼 그곳에
오늘도 다녀간 그대의 향기가
꽃피는 시간을 달라고 조른다

나무들의 속삭임에
감미로운 미소가 걸리고
우거지는 숲이 되어
나눔의 꽃을 피운다

무지개 뜨는 언덕에
해와 달은 징검다리 놓고
사랑의 힘으로 노래하며
열매에 단물을 채운다.

봄의 향연

보리밭 이랑 위로
아지랑이 춤춘다

새들은 노래하고
목련의 화사한 미소에
화려한 벚꽃이 인사한다

살랑이는 봄바람
푸른 하늘 열리고
구름도 머물며 꽃구경을 즐긴다

곱게 내리는 햇살
파랗게 물드는 대지
새소리 꽃향기가 세상을 유혹한다

움츠렸던 연정이
봄 향기에 취해
가슴 설레며 피어난다.

헤 뜨는 아침

새벽이 열린다
잠을 깨는 모든 생명이
희망으로 꿈틀댄다

아침을 깨운다
생동하는 만물의 움직임이
사랑하는 이웃을 부른다

산을 넘는 눈부신 햇살
넓고 푸른 세상에
탄생의 힘을 새롭게 비춘다

순결한 출발의 함성
새날의 맑은 이름으로
결실과 베풂을 향해 달린다

깨어나라, 피어나라
사랑과 희망이 샘솟는
모두에게 찬란한 아침이어라.

봄의 길목

동면에서 깨어나는
햇살 품은 미소가 아름답다

그리움에 떠도는
찬바람의 여운은
파란 샘물을 간지럽힌다

생기 돋는 기회는
실개천 흐름에 취해
양지바른 언덕을 그리며
봄의 향기를 찾는다

개 짖는 소리에
추억의 밤은 깊어 가고
봄을 기다리는 촛불을 켠다

따스한 달빛 그림자는
언 가슴 쓸어내며
그립고 눈물 서린
희망의 편지를 쓴다.

3월의 첫날

차갑게 느껴지는
파란 하늘에
꿈 실은 뭉게구름
그리움 찾아 떠돈다

균열한 사랑 위에
연정은 움트고
아픈 시련과 부르짖음이
희망의 소리로 들려온다

쌓인 눈 녹이는
아지랑이 피는 언덕에
햇살 담은 봄바람이
살랑살랑 춤을 춘다

양지바른 잔디에 누워
임 기다리는
첫날의 설렘은
풀꽃 향기로 꿈틀댄다.

2월의 찬가

시종(始終)의 행복이 영그는
짧고 우스운 2월
생동하는 절기와 풍습이
우리를 반긴다

동결의 아픔은
춘풍의 유혹에 아른거려
머물 수 없는 조급함이
숨 가쁜 마음을 달랜다

차갑게만 느껴지던
조각난 짧은 순간에
짜릿한 감각은
섬세한 온정으로 넘친다

새길 향한 종소리에
안개는 조용히 걷히고
풍년을 손짓하는
보랏빛 꿈이 펼쳐진다.

동해의 꿈

대한의 동녘에
외로이 떠 있는 장한 섬

새들과 파도를 벗 삼아
배달의 푸른 물결 지키는
고독한 파수꾼

망망대해 민족정기를
숱한 야욕에도 침묵하며
한반도로 묵묵히 실어 나른다

모진 풍파 헤치며
의연하게 버텨온 꿈의 섬

찬란한 햇빛 받으며
누천 년의 역사를 지킨
첨병의 소망은 넓고 눈부시다

혼이 담긴 우리의 흔적
동해의 중심에서
세상을 밝히는 동방의 등불!

마산 앞바다

파란 물결 넘실대는
잔잔한 바다를
산과 섬이 아우른 한 폭의 그림

간간히 울리며
적막을 깨는
정감 어린 뱃고동 소리

야속한 세월에
푸름은 가을빛으로 변하여
젊은 마산이 중년이 되었네

바다 내음 풍기는 부둣가
국화꽃 향기가
노을 빛에 쓸쓸히 녹아들고

사라지는 두려움에
산복도로의 젊은 추억은
순수의 그날을 다시 부른다.

연천의 봄

차창에 스치는
신록의 향기가
창공의 소리를 부른다

날고 싶은 충동에
손을 내민 습했던 마음
시원한 바람을 가른다

백로 한 쌍 날갯짓하며
연초록 모내기 논에
하얀 평화를 곱게 그린다

아카시아꽃
바람에 넘실대며 춤추고
연천의 들판은
5월의 꿈을 심는다

감미로운 계절은
멍든 가슴 달래지 못하고
먼발치 북녘땅으로
봄을 데리고 무작정 떠난다.

제2부

남한강의 아침

빛과 희망이 열리고
에너지가 숨 쉬는 자연
언제나 머물고 싶은
남한강의 아침

유월에는

유월에는
햇살 스며든 꽃들의
뜨거운 이름 식혀주는
향기로운 바람이고 싶다

푸른 숲 파도가 춤추는
슬기로운 땅에
누군가에 기억되는
그리움을 담는 사람이고 싶다

유월에는
장밋빛 사랑을 피워 낸
훈훈한 마음의 호수 만들어
세상의 누구든 용서하고 싶다

물드는 밤꽃 향기에
익어가는 과일나무처럼
미진한 삶 달래며
기쁨을 채우는 사람이고 싶다.

일의 가치

산다는 것은
일을 하는 멋이다
일이 없는 것은
가엾고 불행한 삶이다

오늘의 진리가
내일 거짓이 되는 세상
맑은 정신과 꿈의 조화가
아름다운 삶을 지탱해 준다

일로 얽혀 있는 삶이
기쁨과 슬픔에 몰리기도 하지만
애환 담긴 일터가
밝은 사회 가꾸는 터전이 된다

하는 일이 있을 때
희망과 소통할 친구도 있어
아우르진 힘의 가치가
우리 인생을 빛나게 한다.

첫사랑의 추억

비 내린 고요함에
무지개는 뜨고
감춰진 사랑의 추억이
고개를 내민다

함께 있고 싶은
야릇한 감정이
맑은 눈을 멀게 하여
세상 모두가 아름답게 보인다

설렘의 향기 스칠 때
가슴은 두근거리고
보고픈 마음이 담긴 색깔로
꿈의 그림을 그린다

청순했던 젊은 날
그리움으로 떠돌며
구름 위로 숨어
사랑의 그림자를 만든다.

그리움

그리움이 눈을 뜰 때
단풍길 낙엽은 흐느끼고
고독한 기도는
설렘의 사랑으로 밀려온다

미소와 칭찬의 사랑
기쁨과 눈물의 사랑은
몰래 내미는 손에
흐르는 따스한 감촉

무너지고 흔들리며
가파르게 하루를 살아도
그리운 사랑의 생명은
뜨겁게 숨 쉬는 인내와 침묵

다툼 없이 떠나는
홀가분한 낙엽이 부럽다
침묵의 눈물을 사랑하는
화평한 세상의 온정이 그립다.

빛

우리는 가끔
빛의 소중함을 잊고 산다
어둠에서 빛은
소중하고 아름답게 빛난다

이제 우리는
저마다의 고요에서 벗어나
밝은 빛 한줄기
바라볼 수 있는 세상이기를.

꿈의 숲

바람에 흔들리는
북서울 꿈의 숲길이
낙엽 속에 촉촉이 젖는다

추억을 헤아리며
낙엽 밟는 산책길에
문우들의 서정이
꿈꾸는 가을을 쌓는다

카페에서 풍겨오는
군고구마 향에 취해
계절의 아쉬움을 달랜다

추억만 남기고
말없이 떠나는 연인처럼
가을밤은
어둠에 떠밀려 간다.

어머니의 사랑

꽃이 피는 줄 모르고
꽃이 지는 모습을 보며
외면하는 봄의 아픔을 느낀다

화단의 꽃들은
따스한 손길 기다리다 지치고
꽃을 무척이나 좋아했던 임은
다른 꽃 속에 묻혀 떠난다

봄비가 대지를 적시는
허전한 가슴에
살아온 애환을 씻으며
한 움큼의 눈물을 쏟아 낸다

빗물이 눈물 되어 흐르는
텅 빈 집 어디선가
어머니 목소리가 낮게 들린다

꽃다운 나이에
육 남매 가족 맏며느리로 시집와
순탄치 않았던 애절한 삶

의연하게 지켜 온 70년!

손때 묻은 가방은
임이 간직한 별빛 같은 고향
숨은 추억 고스란히 담아 둔 채
무지개 여행을 떠나고

생명처럼 쏟아내는
그렇게 투명한 땀과 눈물은
희망과 용기 주는 봄비로 변해
사랑의 꽃을 선물한다.

풀잎 사랑

감미로운 황홀함이
온몸으로 전해와
보고픈 그리움에 떨며
꿈을 항해하는 야릇함에 젖는다

숲속 외길 위로
구름처럼 떠다니는 몽롱함이
묘한 그림을 타고
철없는 사랑의 감정에 빠진다

충동의 호기심은
야생의 희망으로 뒤덮여
아름다운 환상 그리며
꿈결 같은 청춘을 수놓는다

그때 피우려던 고운 꽃
무지갯빛 사랑으로 떠돌다
어딘가에 피어 있을
겸허히 맴도는 구름 속의 연인!

나팔꽃 사랑

출근길 반겨주는
그대의 미소는
아픔과 그리운 사연 담아
아침 햇살에 눈뜨는 화려함이다

어둠 속에 날개 접어
밤새 인내하는
애절한 그대의 사랑은
새날 기다리며 열리는 기쁨이다

소망에는
보랏빛 사랑을 담고
절망에는
자줏빛 용기를 키우고
혼란으로 헤맬 때
순백 빛 안정을 주는 보람

아침에 웃다 저녁에 우는
길섶의 가녀린 삶은
어느새 소중한 이웃으로
희망을 안기는 사랑의 꽃이었네.

청정의 나라

하늘 구름 바람이 열려
별빛이 쏟아질 듯한
자연이 숨 쉬는 신비로운 땅

양들의 침묵이 흐르고
사슴이 뛰노는
천혜의 풍경 새들의 고향

맑고 푸름에 잠들다
아름다운 계절로 태어난
순박한 섬나라 뉴질랜드

파란 하늘만큼
비상하는 날갯짓에 홀려
부러움의 물결 출렁이고

부흥으로 들떠 있는
고요한 한반도에
싱그러운 풀 내음 채워지기를.

진실

허상에 빠져든 무게가
허공에 날린다
가식에 물든 표정과 행동이
얄밉게 숨는다

상생의 가치 잃어버린
가엾이 떠도는 이중인격
헛웃음과 욕심으로
그렇게 살아가는 보통 사람

비우고 낮추며
비난 비판 불평이
이해 협조 칭찬으로 소통될 때
아름다운 문화가 조성되니

제가끔
앞가림할 줄 알며
꾸준히 나누는 진솔한 인간미가
성숙한 삶을 가꾸어 주리라.

수평선

잡힐 듯 말 듯
아득한 수평선이
바닷물 속으로 유혹한다

부드러운 모래 촉감
따스한 물속 파도가
지친 발과 몸을 안마한다

열린 바다에
열린 세상의 자유를
잔잔한 파도에 누워
파란 하늘에 활짝 펼쳐본다

한가로이 떠가는 구름
갈매기 떼 어지러이 춤추고
노을 물드는 수평선에
서해의 황혼을 붙잡는다.

변심

가던 길 헤매다가
사람을 잃고
공유하던 현실을 잊고
세월을 잊어버렸다

변심한 사람
달랠 길 없다
희망과 능력도 소용없는
오직 경제의 힘을 갈망한다

야속한 사람
이해도 없고 기대도 없다
혹독한 시련이
성숙하기엔 너무나 길다

가슴속으로 울던
긴 아픔 달래며
몸부림치는 열정만이
처음으로 돌아갈 수 있을까!

남한강의 아침

겨울 길목에
햇살 눈 부신 물결
호수처럼 황홀한 유혹이
가는 걸음 멈추게 한다

하늘과 맞닿은 강과 산
잔잔한 물결 일렁이는
환상의 무대는
물고기와 새들의 놀이터

빛과 희망이 열리고
에너지가 숨 쉬는 자연
언제나 머물고 싶은
남한강의 아침

마음 열린 사람과
시름을 달래며
순수에 심취하는
전원의 추억 만들고 싶어라.

그리운 이웃

그대는 오래도록
만날 수 없는 이웃

내 마음 애태우는
외로운 벗이 되어
늘 변방에서 맴돌더니

동틀 무렵 떠나는
나그네처럼
고요한 강물 되어 흘러만 간다

그대는 오래도록
지울 수 없는 이웃

때로는 얄밉게
보고픈 정 차오르지만
침묵으로 다가설 수 없으니

몹시도 지친 그리움에
금세라도 마주설 듯한
이웃의 미소가 유혹을 한다.

저녁노을

소슬한 바람 밀려와
가을 소리 스며들고
상공엔 푸름이 높아지는 데

낙엽 빛 구름 점점이 뜨고
물드는 저녁노을에
고추잠자리 붉게 춤추네

오늘도
분수 넘는 치레에 홀리어
어긋난 웃음 짓고는

노을 그림자 머무는
동산에 올라
빈 노래 부른다.

선보는 날

손잡고 거닌 오솔길
하얀 계곡물이
여름밤을 식혀 준다

밤안개 피는 고요 속에
미래의 가정을 점치며
달밤의 서정은 전율한다

기차와 덜컹거리는 버스로
긴 시간 달려온 천 리 길
어색한 문화가 낯설고 두렵다

맏며느리 후보의 등장에
부모님은 침묵으로 뜸 들이고
넉넉지 못한 환경이 고개 숙인다

어쩌랴, 먼 길 와서 다짐한
순진한 언약의 갸륵함이
달님 미소에 곱게 젖어 든다.

마음의 향기

힘이 들 때면
꽃향기보다
사람의 향기가 그립다

고되게 일한 보람
나락으로 방황할 때
마음을 위로하는
따뜻한 향기가 어른거린다

고민과 걱정거리 날리고
욕심 줄인 배려와 여유로
문화가 숨 쉬고
봉사 베푸는 향기를 찾고 싶다

짐은 내리고
감동과 눈물로 노래하며
은혜로운 향기
아름다운 삶 가꾸고 싶다.

배려

꽃처럼 웃고
새같이 노래하고
구름처럼 떠도는 삶이
인류가 누리는 자유의 선물인가!

세월이 흐르는 강에
육체와 정신을 쏟고
파란과 역경에서 눈물 흘리며
열정의 수행도 한다

갖고 싶은 것 줄이고
버리고, 베풀고
애착의 짐 내려놓을 때
욕심의 삶에서 벗어난다

경쾌한 세상에는
파랑새 사랑이 찾아들고
존중과 배려가 있는
인간미 넘치는 미소가 그립다.

대화

늦은 퇴근길
시간을 달라는 제안이
봄소식처럼 가슴을 두드리네

오가는 술잔에
물꼬 트인 아들과의 대화는
별빛 흐르는 밤을 헤집고

소통의 열기는
쌓인 미진함을 채우며
희망의 메아리로 돌고 도네

효도를 다짐하며
'엄마한테 잘 해 달라'는
가슴 뭉클한 혈육의 정

젊은 패기로 성장한
대견스러운 모습이
흐뭇한 믿음으로 깊어가네.

제3부

산다는 것은

깨어 있는
하루하루가
살아 있길 담금질하며
인내하는 아픔과 노력은
사랑과 웃음을 부르는 외침

그늘에서

파랗게 번져 간
부푼 꿈과 추억이
낡은 일기장을 맴돌다
은밀한 미소로 입가에 걸린다

어제의 가슴 아팠던
파란의 세월 원망하며
자리 없는 마음에
무수한 의식은 얼룩이 진다

좁은 순간을 태우던
애달픈 대낮의 몸부림은
밤이 오는 두려움에
갈 곳 없는 전설 속에 묻힌다

호젓한 그늘에서
어설픈 나날을 보내며
무언으로 도사린 하늘을 향해
답답한 가슴을 외쳐 본다.

달밤의 소통

청명한 밤하늘이
세상의 변화를 머금고
진솔한 삶의 향기를 찾는다

밤하늘을 시샘하는
구름과 달빛의 속삭임은
파란 그림자로 다가온다

빛과 어둠을 나누는
한가로운 숨바꼭질이
유연한 가늠을 시사한다

현란한 시대의 아픔을
소통의 달빛으로
탐스럽게 껴안아 주려는지!

생일을 축하하며

은혜로운 나날
파란 별들이 은하수를 건너오는
꿈결 같은 축복의 날

가슴을 활짝 편
미소 띤 용기와 도전은
탄생의 길을 밝혀줍니다

성스러운 새날
희망이 있는 기쁜 날
다정히 손잡고
새로운 각오로 출발합니다

뜨거운 열정을
발산하는 지혜와 인품이
가치와 빛남으로
건강한 삶을 가꾸어 갑니다.

산다는 것은

기다림 속에 오고
아쉬움 남기고 떠나는
약속의 삶은
바쁜 계절처럼 흘러만 가네

넘어지고, 아파 보고
외롭게 떨어져 상처나 보면
곁에 있는 사람이
영원한 내 편!

깨어 있는 하루하루가
살아 있길 담금질하며
인내하는 아픔과 노력은
사랑과 웃음을 부르는 외침

진솔한 삶의 가치는
변화무쌍한 세상에
역할로 기여하며
소통과 사랑을 실천하는 열정!

욕심의 굴레

거짓으로 엉키고
허영으로 들뜬
마음의 거울에 쌓이는 먼지

지켜야 할 자리 떠나
끝없는 욕망의 궤도를 달리면
진실은 바람에 휩쓸려가네

마음을 맑게 하고
욕망을 적게 함이
사람답게 사는 바른길

살아가면서
그래야 할 줄 알면서도
지키지 못하는 것이 사람의 마음일까!

까닭을 따지지 말고
아프디아픈 찜질이 마땅하나
허영의 너울을 벗고
거짓의 탈을 벗을 때
사람다운 참모습을 찾게 되네.

인생의 가치

인류의 위대함은
창조의 가치를 가꾸는
과일나무 사랑이라네

인생의 목표는
희망의 발걸음 만드는
정의로운 행복이라네

여행하는 인생 길
명랑한 새소리에
저마다의 개혁을 이루어가네

생동하는 몸부림이
정의의 길로 걸어갈 때
세상을 빛내는 가치 있는 삶!

꿈 실은 뭉게구름
푸른 시공 가르며
보랏빛 향기로 피어오르네.

공장의 별빛

윙윙거리는 소리에
밤은 깊어가고
쌓인 일감이
산업 현장을 불 밝힌다

기계 소리 장단 맞춰
바쁘게 움직이는 손발
정성이 담긴 감동은
탄생의 별빛으로 환히 웃는다

상큼한 밤 공기
고요한 적막은
심야 휴식의 벗이 되고
박스에 기댄 선잠이 달콤하다

밤을 달려온 새벽
아침이 밝아온다며
반짝이는 별들이
용기와 희망으로 소곤댄다.

장날

겨울 산을 누빈
솔가지 한 짐의 작품은
나무꾼의 땀으로 녹아
시골 장날을 기다리네

봄기운 가득 채운
푸짐한 나뭇짐의 사랑은
미소 짓는 임을 찾아
시골 장터로 모여드네.

빈 의자

오늘도 나는
다른 사람의 마음을 담는
빈 의자가 되고 싶다

욕심 없는 겸손으로
자신을 비운 자리는
기쁨과 슬픔을 나눌 줄 안다

만남과 이별의 인연은
오가는 마음 달라도
외로운 기다림의 여유를 안다

누군가를 기다리며
공허함을 채울 의자는
그리움의 밀물로 스며 온다

오늘도 나는
세상의 소중한 인연을 담는
빈 의자로 남고 싶다.

위대한 100세

험한 세상 쓸어안고
버텨온 세기의 세월!
젊음과 열정 불태우며
희망과 용기의 꽃을 피웠다

삶의 애환 수놓은
목가적인 주옥의 시편들
문학사의 전설이 되어
황금빛 물결로 곱게 흐른다

시인의 은혜로운 보따리는
격려와 소통의 향기를 담아
우리 가슴 채워 줄
감격의 선물로 펼쳐진다

위대한 100세의 만남은
자랑스러운 문인의 찬연한 위상!
존경과 축제로 빛나며
지구촌 밝혀 갈 등불이어라.

무의도 해변

바다가 옷을 벗는다
뒷걸음치며 슬며시 옷을 벗는다
빼꼼히 얼굴 내민 게들은
도망치듯 사라진다

하얀 여인의 몸매가
모랫빛으로 빛나고
수평선 멀어진 지평선 따라
연인들은 손잡고 마냥 거닌다

갈매기와 섬들의 이웃
모래 언덕이
공허한 마음 포용할 때
아름다운 여체는 일광욕을 즐긴다

낙조에 물드는
환상의 하늘과 바다
황금빛 영상은 절정을 이루고
싸늘한 바닷바람은
나무들에게
가을 옷으로 춤추게 한다

밀려오는 물결 위에
밀어를 속삭이는 연인처럼
나신의 여인은
수줍음 추스르며 옷을 입는다.

낙동강의 진실

흔들리는 갈대도 멈추고
새들의 지저귐도 잔잔하다

반짝이는 별빛으로
밤새 눈물 맺혀 흐느끼고
야심차게 빛나는 너의 아침은
수없이 지나친 나의 세월

새들은 떠나고
강가의 이웃은 미워져 돌아간다
멈춤 없는 그대의 생명 속에
존재하는 꿈과 사랑

달 떠오는 날
그리움 못 참아 그대 방문할 때
사랑은 진실하지 않았기에
부서진 채로 떠난 작별

낙동강은 유유히 말한다
달빛 미소로 침묵하며
화려한 일출을 기다리며 산다고.

기다리는 사랑

내가 사랑했던 자리에
먼지가 쌓이고
동여 맨 마음의 끈을 풀며
바람이 스쳐갔다

교묘한 소식을 채운
이렇게 때 묻은 한 세상
어리석은 헌신의 날들은
날개를 접고 허망하게 떠났다

강물에 누워 있는 저 구름은
어디로 갈지 모르고
기억도 없이 슬픔으로 신음한다

진실로 사랑하지 않았기에
스스로 망가진 좁은 길
바람의 노랫소리 들린다

이제 모퉁이에서
오지 않을 사람 기다리며
그윽한 세상의 길벗이 된다.

디딤돌

사람을 만나러 가는 길에
산을 넘어야 하고
냇물도 부딪힌다

냇물을 건너려면
어떤 여백이 유혹하지만
먼저 냇물이 되어야 한다

냇물을 건너듯
주저하고 겁나고 불안한 삶이
사람과 만남이니까
살아가는 의미를 찾게 된다

움츠러든 어깨에
용기의 기운이 감돌 때
돌아보지 말아야 할
한 아름 바람이 잡힌다

단단한 디딤돌은
만나야 할 안전한 때를
천천히 기다려 준다.

잃어버린 나

우리는 지금
어디로 가고 있는가
방황의 길목에서
중심을 잃고 한참을 헤맨다

살다가 지칠 때
외로운 절망에 부딪히고
모진 유혹에 휩싸여
허무하고 몹쓸 느낌도 만난다

시대의 아픔 머금은 채
쓸쓸하고 힘든 길에
어둠 뚫고 아침이 오듯
관계의 힘으로 희망을 낚는다

이웃과 만나며
시련의 매듭을 풀고
부활을 꿈꾸며
잃어버린 나를 찾는다.

아버지의 길

아버지의 사랑은
색이 없고 소리가 없다
분위기를 헤아리며 가족을 지킨다

때로는 강하면서 유연하게
눈물 없는 가슴으로 울며
의연한 삶의 길을 홀로 걷는다

모과 향 공부방을 만들고
소죽 끓인 아궁이의
군고구마 야식은
말없이 베푸는 싱그러운 배려다

흔들림에 힘들어도
나약한 모습 보이지 않고
내일을 준비하는 쉼 없는 모습은
아버지가 살아가는 희망의 길

온갖 희생 쓸어안고
묵묵히 고향을 지키며
사랑을 실천하는 가정의 파수군!

보고 싶은 친구

부산히도 방황하던
함께 가는 길에
만난 사랑의 파편들

잔인한 그리움은
가슴 녹여 봄비를 내리며
다시 삶을 여물게 한다

파르르 입술 떨며
깨어나는 야생화도
무슨 생각으로 다시금 필까!

추억의 공간을 펄럭이며
고향의 들판은
꽃처럼 반갑게 문을 연다

어느 순간
나에게 시원한 바람이 되는
친구가 보고 싶다.

여름날의 오후

뜨거운 태양
산마루 맴도는 안개처럼
하얀 열풍의 모임들이
그늘을 찾아 헤매고 있다

부서지는 햇살에
이글거리는 아지랑이
사방으로 깔린
희뿌연 연기 속에
꿈틀거리며 반짝이는 여름 나뭇잎들

말했던가!
지난밤의 붉은 달이
슬프지도 않으면서
줄지어 흐느끼는 매미 소리가
많은 생물이
여기서 제법 허덕일 것이라고.

초병(哨兵)의 밤

적막감 흐르는 밤
홀로 누리는 시공(時空)에
초롱초롱한 눈빛은
움직이는 새 희망을 찾는다

달빛 향기에 취해
향수에 젖은 나그네는
해맑게 미소 짓는 아씨와
심야의 데이트를 즐긴다

평범한 만족함에
달그림자 평온한 산야는
선(善)과 평화를 갈구하며
향기 가득한 삶을 기다린다

내일로 이어지는 밤하늘
세상의 안녕과 꿈의 시간을
연인과 함께
묵묵히 지키고 있네.

깨끗이 산다면

우리는 살아가면서
늘 깨어 있길 희망한다

깨어 있을 때마다
입을 깨끗이 하고
몸을 깨끗이 하며
마음을 깨끗이 할 수 있다면

참된 인생은
꿈과 사랑을 그리며
가치로 존중받는
한줄기 빛으로 사는 것 아닐까!

제4부

가을밤의 노래

어둠 헤치는 안개 불빛
잔잔한 피아노 음률에
살아 있는 감미로운 노래가
황홀하게 유혹을 한다

대추나무

가지마다의 사랑이
산과 구름 하늘에 걸려
황혼의 절정을 꿈꾼다

출근 길 반기며
삶과 부딪히는
주렁주렁 희망을 베푼다

영롱한 햇살에
버텨온 연노랑 청춘은
소슬바람에 빨갛게 영근다

가을 길목을 수놓은
여문 결실은
풍년의 노랫소리로 들린다.

가을 무정

가을빛에 젖어
순간의 유혹에 빠져든
나를 잃고
흐르는 세월도 잊는다

구름도 머물다 떠나지만
지친 시간은 무의미로 헛돌아
손짓하는 영상은
노을 속 산야에 묻힌다

속고 속는 야속한 세상
빈번한 실수와 일탈은
인연의 자존심이
더는 용서하지 않는다

조급한 욕심에 휘말려
돌아서 가는 아픈 인생길
너무 쉽게 흠뻑 젖어
차가운 갈망으로 헤맨다.

짧은 가을

무르익은 과일나무를
슬프게 마주할 때
슬픔이 말라감은 더 슬퍼진다는 걸까

가을의 독백이
쓸쓸히 맴돌며 떠나려 할 때
혼자의 외로움을 알고
가족이 만드는 소리가 그립다

그립고 보고 싶은 사람
더 그립게 하는 가을
쓸쓸한 사람 더욱 쓸쓸하게 한다

궁금한 계절에
숨은 마음을 깨우는 시가
낯설고 간지럽게 불러줄 때
낙엽 쌓이는 소리가 들린다

친밀해진 짧은 가을
흩날리는 은행잎 되어
산책길 거니는 나그네 된다.

고향 마을

고향의 마을은
바람이 머물고
아침 햇살 쉬어가는
언제나 가고픈 화평한 곳

고향의 마을에는
사랑이 머물고
구름도 쉬어가는
언제나 그립고 정겨운 곳

작은 마을에는
이별하는 아쉬운 소리가
눈물 아닌 희망의 소리로
추억이 메아리치는 곳

고요한 작은 마을에
아침을 깨우는
반장의 소리가 아련히 들려온다.

사랑방

진한 동료 간의 정이
오가는 술잔에 묻어나며
흐뭇한 사랑으로 붉게 물드는 밤

변화의 물결 위에서
20년 전 추억의 화제들이
미소와 이야기로 넘치는 사랑방

여행 취미 세상의 정황을
훈장 선생님과 느끼고 논하며
존재의 가치를 만드는 장

관심 격려 비전 희망은
개혁과 성장의 정기로 흐르며
배움의 소통으로 이어진다

기여 문화를 다듬고
인간미로 승화시키는
'E사모'의 훈훈한 사랑방!

* 'E사모' : 에버랜드를 사랑하는 간부 모임

금오산 기슭

푸른 물결 일렁이며
숲과 연못이 숨 쉬는
장엄한 금오산 자락에
병풍산으로 에워싼 수련원

모두가 푸르고
모두가 희망이다
산새들 노니는 유서 깊은 계곡
가슴을 열고
모험과 도전을 즐기는 이곳

여기
희망과 비전이 열리고
성취를 꿈꾸는 결의를 다진다
쉼 없는 열정 불태우며
내일을 함께 가꾸어 간다.

친구에게

친구야
분홍빛 장미 위에
새롭게 노니는 물방울이
싱그럽게 속삭일 때
우리는 신선한 미소를 띄워 보냈지

초록빛 햇살이
주고받는 마음과 시간을 다듬을 때
귀엽고 작은 손으로
우정을 나눌 예쁜 그릇을 만들었지

친구야
너는 꽃처럼 소담한 모습으로
내게 달려오고
나는 싱그러운 물방울이 되어
네 볼 위에 살포시 젖어들었지

별과 달의 대화가 아름답듯
꽃잎 위에 물방울은
지울 수 없는 그림엽서처럼
우리의 우정을 간직해 주겠지.

가을 산책

홍엽이 손짓하고
낙엽 흐느낌 들리는
산책로의 한적함이
가을빛 중년의 마음을 잡는다

하얀 볏짚 더미 점점이 수놓은
황량한 들판은
긴 고독 예견하며
떨어질 낙엽의 설움을 담는다

햇빛 스며드는 숲속
낙엽 빛깔의 삶은 심취되고
가을 산 분주히 뒤적이는
다람쥐 모습이 상큼하다

스산한 바람의 유혹에
가을 노래하는 숲과 나뭇잎
만추의 길목은
세월의 바쁜 걸음 멈추게 하네.

시장(市場)의 인내

약함의 설움을
가슴속으로 삼키며
측은한 인내는
부족함 채우듯 침묵으로 쌓인다

도도한 위세의 착각이
시장의 훈계를 잊은 채
내일의 무서움을 모른다

욕심은 높이 나르고
상승과 하락의 긴 통로에서
편향된 시장의 가치만을 좇는다

추락과 날개
강함과 약함이 있는 현실은
얄밉게도
서로 바뀔 수 있지 않을까!

가을밤의 노래

칠흑이 감도는 공간
가녀린 '스와니강' 노랫소리
온몸으로 전율 되어
가을밤의 추억에 젖는다

어둠 헤치는 안개 불빛
잔잔한 피아노 음률에
살아 있는 감미로운 노래가
황홀하게 유혹을 한다

'얼굴'을 타고 내리는 '빗물'처럼
긴 시간 뒤로 하며
애잔함을 담아
솔직한 성악가로 다가온다

험난한 길 당차게 달려와
이제 "헤엄치는 해"라며
흥겨운 노래처럼
'살짝이…', '봄날이 온다.'

고향 생각

그리도 가슴 저리던
고향의 밤하늘
이젠
지난 설움 지워버리고
낯선 타향에 사랑을 심는다

어디나 정들면
못 살 리 없건마는
그래도 순박한
내 고향 사연들이 아련히 손짓한다

고향은 저 멀리서 줄달음치고
나른한 육신에
수정 같은 별빛 내려와
소년 시절 사랑방 추억을
하나둘씩 주워 담는다.

가을밤

노염의 심술이
가을바람에 촉촉이 묻혀
소리 없이 무너진다

구름과 바람처럼
머물며 스치는 세월에
수많은 창조와 소멸이
삶의 다양한 여로를 만든다

인간이기에
뼈를 깎는 인내를 하고
등을 돌리는 비겁도 저지르며
부족한 정을 용서한다

깊어가는 가을밤
애상 어린 달빛을 쪼이며
나누며 갖는
상념의 양식을 쌓는다.

기회

허공에 메아리 치는
안타까운 독백이
대답 없는 귓가를 맴돈다

굴곡의 현실에서
애절함이 주는 시련은
답답한 가슴을 저민다

스치는 외면 속에
쓰러진 오기는 고개 들어
흔들리는 집념을 붙들어 세운다

기교나 처방도 없는
희로애락의 반복된 흐름이
묘하게 창조되는 삶의 기회

도전하는 억척의 노력이
예고 없는 삶에
희망의 손을 내민다.

전역을 앞두고

어제였나 싶던
색다른 여행의 출발이
종점을 향해 치닫고
이제야
의미 깊은 푸른 제복을 벗는
왠지 초라해 보이는 내 모습이야

어제, 오늘 그리고 내일이 흘러
삼 년이란 젊은
애국의 공간이 되고
과연
그 공간적 청춘 여행이
진짜 사나이로 성숙하였을지

젊은이여!
주마등처럼 스치는 추억들
저미든 설움은 지워버리고
다시 뛰어들 반가운 세상을 향해
솟구치는 탄생의 빛으로
가슴을 펼쳐가리라.

참사랑

흔들리는 마음 잡으려다
바람에 실려 보내니
아픈 사랑의 소포로 부쳐온다

기약 없는 기다림은
따뜻한 사람 애태우고
찬바람 속에서 헤매며
빈 사랑으로 떠돈다

참된 사랑은
따스한 순수가 감도는
가을빛 향기를 풍긴다

주고받는 모자람은
응어리진 마음 열어
간직했다가 다시 건네는
낙엽 빛깔의 여유로 돌아온다.

서리

비스듬한 햇살
반짝이는 은모래 빛 조각들
평화로운 대지 위에
곱게 깔린 우주의 정성

하늘과 땅이 열리기 전
신성한 어둠에서 잉태한
은혜로운 아득함을 싣고
은빛 탄생을 총총히 내렸다

여명의 빛이 일어날 때
고운 자태는 절정에 이르고
빛이 점점 가까워질수록
사라져 가는 안타까운 생명

차갑게 스치는 바람
이유 없이 떨어져 뒹구는 낙엽
단명으로 서글픈 서리는
초겨울에 만나는 세월의 야속함

가을과 함께 떠난 기회

괜한 질투심은 가슴 때리고
아침 서리 밟으며
섬세한 감각을 다시 찾는다.

입추의 선물

한낮의 찌는 열기
가만히 움직여도
땀이 절로 흐르는 날

찜통더위 앞에
사납게 쏟아지는 빗줄기
대지에 쌓인 온갖 찌든 때
깔끔히 씻어내린다

상쾌한 공기와 풀 냄새
먼 하늘 붉게 물든 노을
가을 손짓하며 반짝이는 새털구름

바람에 홀린 산책길
더위가 한풀 꺾인
때맞춘 입추의 선물.

가을바람

풀벌레 소리
별들의 속삭임 스며드는
기숙사의 작은 공간

전원의 고요함 속에
밤의 적막 흔드는
군부대의 취침 나팔 소리

일과를 마친 안식은
향수를 달래고
웃음과 잠을 달래고
현실의 서글픔을 달랜다

잔잔한 그리움과 유혹
직장인 수험생 마음 흔들어
지친 꿈들은
가을바람 타고 떠나려 하네.

봉황대

깎아지른 돌계단
작은 동굴과 석문 길
바위틈을 통과하는 절벽의 묘미

옛 유생들의 풍류가 흐르고
화랑의 훈련지로 혼이 깃든
수려한 경관의 유서 깊은 곳

소름 끼치는 아찔함
기암괴석 절벽 바위는
금강 설악의 절경을 옮겨 놓은 듯

돌탑 무덤이 줄 서 반기고
큰 바위 품에 안긴
신비롭고 아늑한 동굴 법당

장엄한 위용과 품격
계절마다 멋을 풍기며
고향을 찾게 하는 봉황대 일붕사.

살아가는 길

멀고 긴 방황의 길
삶의 채무가
가슴을 무겁게 짓누른다

온화한 몸부림에
남김없이 다 내어 주고
허무한 교감이
바쁜 길을 교란시킨다

온갖 풍파를 담고
굽이굽이 흘러가는 강물은
화평한 세상에
간절한 생동의 힘을 내린다

일을 하는 순백의 맹서가
설레는 첫 마음으로
찬란했던 여름을 잉태한다.

제5부

첫눈 오는 겨울

그리움 꿈틀대는
들뜬 발걸음이 동심을 부른다
흐린 세상은 민심을 흔들고
저무는 11월은
중년의 허전함을 추억으로 채운다

.

첫눈 오는 겨울

회색빛 하늘이
가을을 떠밀어
창가에 하얀 손님이 찾는다

그리움 꿈틀대는
들뜬 발걸음이 동심을 부른다

흐린 세상은 민심을 흔들고
저무는 11월은
중년의 허전함을 추억으로 채운다

눈발은 이별처럼 흩날리고
산책길 강아지와 여인은
머물 듯 사라진다

첫눈은
설렘에 쌓이지를 못하고
목적 없이 스쳐가는 첫사랑의 흔적

젖은 발자국으로
침묵하며 기다리는 겨울 사랑.

한해를 보내며

가는 임도 못 붙드는 데
가는 해를 붙들 수 있을까!
낙엽을 쓸어내듯
가는 해를 쓸어버릴까

어김없이 떠나는
붙잡지 못하는 세월
돌아보니 모두가
생동이요 사랑이다

손꼽아 며칠뿐인
소중한 하루하루가
아쉬움 깨우치며
초조한 안타까움에 휩싸인다

하루를 조각내어
한 시간 일 분 일 초를 헤아릴 때
수많은 밀어가
감각 없는 서글픔으로 맴돈다.

소문난 국밥집

어렴풋이 들려오던
소문 따라 찾아간
서울의 중심 종로에
열 평 남짓한 허름한 공간

중·장년층 손님 분주한
추억 담긴 국밥집
오 분이면 후딱 해치우고
막걸리 한 사발 곁들인다

배추 국밥, 깍두기 김치
국물 맛 일품에 소통이 되고
전차 시절 떠올리며
추억 자랑으로 바쁘네

바쁜 시간 허기 채울
민생 어린 국밥은
서민 위한 장터 가격으로
백 년 전통 이어가리.

12월의 노래

12월에 어울리는 음악은
촉촉이 스며드는 안개처럼
심금을 달래주는
서글픈 단조의 가락이라네

꿈과 정렬을 냉각시키듯
온몸 적셔놓은 겨울비는
쫓기는 세월 속에
비창한 여운을 남기네

낙서라면 지울 수 있고
꿈이라면 다시 꿀 수도 있지만
흐르는 세월의 자국은
서글픈 주름을 하나 더 만드네

사라짐은 아름다워 보이고
이별의 고함은 서글픈 것
끝이 있음에 끝이 없길 바람은
부질없는 인정의 노래일 뿐이네.

슬픈 오늘

새들이 노래하는
화려한 단풍길 따라
저무는 가을이 슬프다

함께 했던 모든 것은
무엇이라도 남기고 떠나지만
잃어가는 오늘이 슬프다

오고 가는 그곳이
어딘지 몰라도
기쁨과 슬픔의 혼동으로
휘둘리며 사는 세상

밝아오는 아침보다
빛바랜 노을이 엉켜
욕심 넘치는 시국의 몸부림이
오늘을 더욱 슬프게 한다

가고 싶어도 갈 수 없는
그곳에 머무는 마음으로
평온을 찾아 일탈을 꿈꾼다.

가로등

은행나무 가로수가
가로등 불빛에 젖어
밤길을 노랗게 비추네

조명 빛에 물든
흔들리는 밤거리는
흐릿한 추억으로 익어가고

은행잎 깔린 양탄자 길
하염없이 거니는 발자국 따라
홀연히 심취되는 밤의 유혹

야릇한 가을 남자는
긴 그림자 만들며
상념에 잠겨 유유히 걷고 있네.

소문

지극히 치성드리다가
그리운 욕심 못 참고
끝내 이웃집 담을 넘는다

어긋난 이기 때문에
이웃이 바람났다고
소문은 장터까지 퍼져 나간다

혼란에 빠져드는 악몽
불륜과 낭만이 엇갈리고
꼬리 문 연처럼 말들이 날린다

사람들은 수군거린다
돌에 맞은 개구리는
몹시 아파할 것이라고.

고독

처음부터 홀로였지만
그 자리에
있어야 할 사람 없으니
텅 빈 섬에 당도한
낯선 쓸쓸함이
무서운 고독으로 엄습한다

산다는 것은
오솔길 같은 아름다움
희망으로 포장된 내일의 그리움
홀로 애쓰는 세월에
가슴속으로 조용히 울며
외로이 떠도는 나그네.

유학사의 추억

바람이 머물고
무학대사 숨결이 느껴지는
미타산 중턱의 고요한 아침

학이 머물다가
산 허리 돌며 나는 아늑함은
산사를 품어 주는 의로운 형상

돌계단 오솔길의 정취가
지친 마음 가지런히
평온한 기도로 인도한다

추억으로 스쳐가는
까닭없는 슬픔이
고독한 소망으로 남고

붉고 하얀 여름을 장식할
배롱나무꽃의 매력은
고향이 부르는 삶의 정거장.

눈길을 걸으며

마음 향한 그곳에
흔적이 남는 기대처럼
눈길을 걸으며
발자국을 남긴다

눈꽃 추억
고이 묻어둔 채
그대 생각은
설렘으로 오롯이 전해지고

희망으로 들뜬
또 한 해를 선물 받아
그대라는 바람 앞에
맴돌며 뒤척인다

은총이 내리고
꽃들은 어김없이 피어나
하얀 길 밝혀 갈
날개로 인내하는 새 마음.

기다림

어길 수 없는 약속처럼
야속하리만치 긴 시간을
마냥 기다리다 지쳐
떠나야만 했던 얄미운 찻집

그리움 스미는 가을밤
부드럽고 나직한 바람 소리
귓가에 맴도는
별빛처럼 아늑한 속삭임

먼발치에서
다정했던 맑은 눈동자는
타협의 새 손길 외면하며
긴 겨울 침묵으로 떠나려 하네

무작정 기다리게 한
약속의 아픔은 성숙하고
현실의 야속함을
뉘우침으로 달래며 다가서야지.

젊음의 소리

싸늘한 맥주잔을
손으로 싸안으며
거짓 없는 미소 가득히 담고
우리 젊음을 얘기한다

거센 맥주 거품처럼
하얗게 피어나는
따스한 젊음의 우정이
진실과 실존을 얘기한다

밀린 설움 토로하며
찾지 못한 그것을
잃어버린 모든 것을
안타까이 부르짖으며
나약한 푸념 주저 없이 털어놓는다

온몸에 퍼진 웃음 머금고
실행 못 할 사랑 얘기처럼
젊음의 소리를
순진하고 허울 좋게 주고받는다.

강남의 거리

어둠 밀려오는 거리
젊은 물결의 자유분방함
개성과 발랄함의 도전이다

요란스러운 여름 패션
멋진 그림자 비치는
차림도 유행하는 강남의 문화

유통과 소통이 활발히 숨 쉬는
밤도 없고 멈춤도 없이
그대들 패기가 방방곡곡 뻗어가리

웃고 소리치는 지혜와 재능은
작은 나라의 목마름 해소로
세계 경제 밝히는 건강한 희망

젊음이 생동하는 거리
미래 짊어질 당찬 표정과 용기는
나라 성장시킬 차세대 에너지.

지혜로운 삶

허황한 진리를 좇고
유혹으로 헤매고
신념 없이 서성거린 어느 날

헛된 망상과 방황은
아픈 파도로 밀려와
바보처럼 뉘우치고 있다

희망을 잃지 않고
나날을 새롭게 하는
분수를 알고 지키며
노력과 최선을 다하는 지혜

되돌릴 수 없기에
성실히 처리하고 반성하는 인생이
가치 있는 지혜로운 삶.

봄에 떠난 임

꽃은 어김없이 피지만
지난 봄에 떠난
임은 돌아오지 않네

젊음이 사라지는
슬픈 이별은
고향을 잃어가듯
느끼는 두께와 질감도 다르네

많은 것을 포용한
잉여의 흔적은
가엾은 미진을 향해
또 다른 느낌표를 찍고

모르는 것처럼
슬금슬금 물러나는
당신을 향한 사모의 마음은
봄꽃 향기로 끊이질 않네.

일하는 보람

일을 한다는 것은
행운이다

일을 즐겁게 한다는 것은
행복이다

하는 일이 재미있어야
능률이 오르고
좋은 결과를 낳는다

일을 하는 보람은
살아 있다는
소중한 가치인 것이다.

어느 겨울

스산한 밤거리
그토록 기억되는 슬픔에
문득 외로움을 느낀다

때늦은 후회는
준비 없이 찾아온 슬픔으로
불운한 겨울밤을 방황한다

창백한 그림자는
죄인으로 주저앉고
나그네 발길이 처량하다

믿기지 않은 시간이 흐르고
익숙지 않은 지독한 아픔도
폭풍처럼 지나갔다

추억 밀려오는 계절
이제, 눈물 없이도 안을 수 있는
또 다른 집 한 채를 짓는다.

고뇌를 통한 존재의 抒情 詩學

- 이종규의 시집 『바람의 고백』

張 鉉 景

(시인 · 수필가, 문학평론가)

고뇌를 통한 존재의 抒情 詩學

– 이종규의 시집『바람의 고백』

張 鉉 景
(시인 · 수필가, 문학평론가)

1. 글머리에

동틀 무렵 꿈결 같은 아름다운 물빛 위에 에메랄드보다 더 밝은 빛을 내는 샛별(明星)을 그리며 문찬(文贊) 이종규 시인의 시 세계를 그려본다. '문여기인(文如其人)', 즉 글은 그 사람과 같다는 뜻이다. 무심히 쓰는 글 속에는 이미 그의 인생관이나 처세의 방식이 드러나 있어, 글을 보면 그 사람을 알 수 있다. 문찬의『바람의 고백』은 시인의 체질과 매력을 담고 있는데다가 그의 시, 한 편 한 편은 이종규 시인의 얼굴이요, 마음이요, 행동이리라.

대저(大抵) 원로시인의 시를 읽고서 느낄 수 있는 특유의 보편적 개성을 문찬의 시에서도 찾을 수 있다. 시인 이종규의 시를 읽으면서 먼저 떠오르는 것은 '바람의 시인'– 그 인생의 허무를

채울 수 있는 바람의 물결을 붙잡아 시를 쓰는 시인이라는 데 생각이 머문다. 그의 시를 한 마디로 정의하기는 어렵겠지만, 평자가 보는 한 측면은 푸근하고 낯설지 않고 편안히 말도 건넬 수 있을 것 같은 한국의 보편적 아버지의 이미지가 아닐까! 그의 시는 이처럼 그의 사람됨을 잘 담고 있어서 독자를 쉽게 접근시킬 수 있는 매력을 지니고 있다고 하겠다. 마치 이른 봄의 나뭇가지에서 피어나는 맹아(萌芽)처럼 그의 지고지순한 시심은 우리의 가슴에 잔잔한 감동을 주고 있으며 한 차원 높은 시의 세계를 보여주고 있다.

이종규 시인은 학창시절부터 틈틈이 글쓰기를 좋아하였을 뿐 아니라 문단에 들어서면서 전문 낭송가로, 사회자로 활동하다가 시, 수필 신인상을 수상하였다. 그간 서정적 사상과 감성을 바탕으로 시작(詩作)에 전념해 오던 시인이 시 문학상 수상에 이어 첫 시집을 출간하게 되어 참으로 기쁜 소식이 아닐 수 없다. 문찬 시인의 시를 읽으면 읽을수록 그의 시가 무척 호소력 있게 다가오는 것을 느낄 수 있다. 그의 시는 난해하지 않으며 깊고 따뜻하여 언제나 인간에 대한 신뢰와 사랑을 바탕으로 하고 있다. 우선 다음 작품 「새벽」을 읽어보자.

2. 삶의 길과 고뇌(苦惱)의 즐거움

먼 산 넘어오는
미풍의 속삭임에

적막의 새벽이 흔들린다

고요를 깨우는
생동의 소리들이
안개꽃 한 아름 피우며
용기와 희망을 부추긴다

출발의 전주곡에
여명은 붉게 춤추고
싱그러운 산천이
아침을 연다.

- 「새벽」 全文

'새벽'이라는 이 시는 보편적 제목으로 보이지만, 그 내용은
거대하다 못해 위대하다. 그리고 시인의 목소리는 미풍의 속삭
임에도 적막의 새벽이 흔들릴 정도로 예리하다. 나아가 세상을
향해 선지자적 외침으로 고요를 깨워 용기와 희망을 부추긴다.
3연으로 나누어진 이 시는 천지창조의 기풍과 깨우침의 목소
리, 시인 정신이 내포되어 있어 방염(放念)하게 된다.

이 시의 창작에서 문찬(文贊) 시인이 부르짖는 중요한 모티프
는 아침이다. 하루를 맞이하기 전, 자연과 만나는 인연의 소중
함과 지상의 아름다움을 신비스럽게 노래하고 있다. 예사 작품
이 아님을 보여주고 있다.

비 내린 고요함에

무지개는 뜨고
감춰진 사랑의 추억이
고개를 내민다

함께 있고 싶은
야릇한 감정이
맑은 눈을 멀게 하여
세상 모두가 아름답게 보인다

설렘의 향기 스칠 때
가슴은 두근거리고
보고픈 마음이 담긴 색깔로
꿈의 그림을 그린다

청순했던 젊은 날
그리움으로 떠돌며
구름 위로 숨어
사랑의 그림자를 만든다.

— 「첫사랑의 추억」 중에서

　사랑은 그 빛깔이나 무게에 상관없이 시인의 관심에서 벗어
날 수가 없다. 사랑은 많은 이의 관심의 대상인 동시에 바탕에
꿈을 이뤄내는 휴머니티가 깔려있기 때문이다. 글쓰기를 좋아
하는 문찬 시인은 눈에 들어오는 대상물의 향기에 취해 그 느
낌을 작품으로 빚는다. 그의 시의 가장 두드러진 부분은 시를

향해 운명적인 만남을 통하여 억제할 수 없는 기쁨을 날카로운 시인의 감성으로 작품화하는 데 있을 것이다.

남녀의 애정은 개인적 인유(引喩)의 중요한 원천이다. 이 '첫사랑의 추억'에 투사된 심리구조의 원형을 밝히는데 중요한 시적 배경은 설렘과 그리움이다. 이 두 이미지는 융합되어 작품 전체에 상큼한 분위기를 자아낸다. 원형으로서 설렘은 신비 미지 두근거림 무의식 등의 의미를 상징하고 그리움은 영감 영혼 정서 애정 등의 의미를 띤다. 여기서 설렘과 그리움이 결합한 시적 배경은 '미지의 신비로운 인식'으로 해석할 수 있다. 실제로 화자는 설렘을 통하여 그리움을 더 사무치게 느끼고 있다. 이 시의 '맑은 눈을 멀게 하여', '가슴은 두근거리고', '그리움으로 떠돌며'에서 우리는 심리구조의 원형이 투사된 것을 인식할 수 있다. 이처럼 작품에서 심리구조의 원형 분석은 시적 자아나 시인의 삶을 이해하는 데 도움을 줄 수 있다.

오늘도 나는
다른 사람의 마음을 담는
빈 의자가 되고 싶다

욕심 없는 겸손으로
자신을 비운 자리는
기쁨과 슬픔을 나눌 줄 안다

만남과 이별의 인연은
오가는 마음 달라도

외로운 기다림의 여유를 안다

누군가를 기다리며
공허함을 채울 의자는
그리움의 밀물로 스며 온다

오늘도 나는
세상의 소중한 인연을 담는
빈 의자로 남고 싶다.

- 「빈 의자」全文

  시의 이미지는 관점에 따라 여러 가지 형상(形象)으로 분류할
수 있다. 이미지가 주는 대상과의 관계는 상대적이다. 이런 상
대적 심상이 삶의 의미를 전달하기 위한 수단이 된다.
  '가슴이 허전해 친구가 필요할 때, 나는 빈 의자, 그대 내게로
오라.' '향수가 그리울 때, 나는 빈 의자, 그대 고향 소식 전하
는 바람으로 오라.' '지친 하루 쉬고 싶을 때, 나는 빈 의자, 꽃
단풍 낙엽 되어 내게로 오라.'라고 시인은 부르짖고 있다. 이
시에서 보는 것처럼 빈 의자를 그려놓고 이 시의 주된 내용을
여기에서 체험하는 욕구와 감정을 경유하여 자각하는 것이다.
그것은 상대적 심상이 화자의 욕구와 감정을 자각함으로써 교
류 접촉을 통하여 성장과 변화를 도모하기 위함이다.
  다른 한편으로 이종규 시인의 「빈 의자」는 그의 삶의 문학에
서 어떤 존재론적 의미를 얻고 있다. 그의 「빈 의자」는 인고와

버팀의 세월을 이겨내고 '의자'라는 보편적 사물을 넘어 삶을 김싸주는 길 안내사이다. 빈 의자는 삶을 다하는 날까지 주인을 참된 삶의 길로 이끌고 갈 동반자이며 인생의 스승이 될 것이다.

> 그리도 가슴 저리던
> 고향의 밤하늘
> 이젠
> 지난 설움 지워버리고
> 낯선 타향에 사랑을 심는다
>
> 어디나 정들면
> 못 살 리 없건마는
> 그래도 순박한
> 내 고향 사연들이 아련히 손짓한다
>
> 고향은 저 멀리서 줄달음치고
> 나른한 육신에
> 수정 같은 별빛 내려와
> 소년 시절 사랑방 추억을
> 하나둘씩 주워 담는다.

－「고향 생각」 全文

고향이라는 말은 듣기만 해도 가슴이 설레고 어린 시절로 돌아가 감동을 준다. 고향은 시공(時空)을 초월해 그리움이란 정감을 강하게 준다. 이종규 시인에게 고향은 어떤 장소와 시간을 객관적으로 제시하면서도, 그 느낌을 다양하게 그려내고 있다. 이 작품에 투사된 정신구조의 원형을 밝히는데 중요한 시적 배경은 가슴 저리던 고향의 밤하늘과 수정 같은 별빛 그리고 시골 사랑방이다.

환경을 초월하여 시인은 후대에 길이 남을 절창의 서경시(敍景詩)를 바탕으로 고향의 산하를 보석 같은 언어로 그려 독자의 눈에 즐거움을 준다. 그런 작품을 많이 남기기 위해서도 시인은 순수 그대로 직관과 관조의 눈으로 처한 현실에서 시적인 발상을 획득하며 시상(詩想)을 함축해내는 솜씨 또한 놀랍다는 인상을 지울 수 없다.

홍엽이 손짓하고
낙엽 흐느낌 들리는
산책로의 한적함이
가을빛 중년의 마음을 잡는다

하얀 볏짚 더미 점점이 수놓은
황량한 들판은
긴 고독 예견하며
떨어질 낙엽의 설움을 담는다

햇빛 스며드는 숲속
낙엽 빛깔의 삶은 심취되고
가을 산 분주히 뒤적이는
다람쥐 모습이 상큼하다

스산한 바람의 유혹에
가을 노래하는 숲과 나뭇잎
만추의 길목은
세월의 바쁜 걸음 멈추게 하네.

- 「가을 산책」 全文

위에서 인용한 시 「가을 산책」에는 시인 자신의 의식과 정신적 내면이 상징과 은유의 이미지로 형상화되어 있다. '낙엽의 흐느낌이 들리는/ 산책로의 한적함'을 의인화시켜서 인간으로 묘사하고 가을빛 속에 걸어가는 중년의 마음을 사로잡고 있다는 점에서 신인답지 않은 노련함이 돋보인다.

시인은 대자연의 순환 속에 들어가 내재한 진리를 찾아 연결되어 있는 관념 이미지를 형상화해 절창의 작품을 획득하고 있다. '황량한 들판은/ 긴 고독 예견하며/ 떨어질 낙엽의 설움을 담는다.'는 시인의 깊이 있는 관찰은 문자의 향연을 넘어서고 있다. 자연이 외치고 있는 '만추의 길목은/ 세월의 바쁜 걸음을 멈추게 하네.'에서는 대단한 시인의 투시력이 아닐 수 없다. 가을 산에 오른 문찬 시인의 인생관이 명확하여 자신의 존재적 본질과 현재 심정을 대변하는 자아비평의 작품이 아닐까 싶다.

회색빛 하늘이
가을을 떠밀어
창가에 하얀 손님이 찾는다

그리움 꿈틀대는
들뜬 발걸음이 동심을 부른다

흐린 세상은 민심을 흔들고
저무는 11월은
중년의 허전함을 추억으로 채운다

눈발은 이별처럼 흩날리고
산책길 강아지와 여인은
머물 듯 사라진다

첫눈은
설렘에 쌓이지를 못하고
목적 없이 스쳐가는 첫사랑의 흔적

젖은 발자국으로
침묵하며 기다리는 겨울 사랑.

— 「첫눈 오는 겨울」 全文

눈이 내린다. 첫눈 오는 겨울이 좋다. 첫눈이 내려야 비로소
겨울이 시작되는 느낌을 받는다. 시인은 첫눈 오는 겨울 창가
에 내리는 눈발을 보며 지난날 추억 어린 정경을 떠올린다. 눈
위를 달음질치는 강아지와 산책하는 여인의 모습에서 아름답
고 깨끗한 겨울 정취가 시각적으로 잘 드러나 있다.

누구에게나 환열(歡悅)의 생동감을 주는 첫눈은 시인의 정서를 성스럽게 혹은 동화적 분위기도 자아내면서 우리의 삶에 활력을 불어넣는다. 시인은 이 환열을 첫 연에서 신선한 충격으로 제시하며 '동심을 부르고', '중년의 추억', '산책길에 나선 여인'과 상황을 병치시켜 독자에게도 환희의 생동감을 느끼게 한다. 특히 첫눈을 첫사랑의 흔적으로 나아가 겨울 사랑으로 이미지화하여 생동감을 보다 효과적으로 환기하게 시키고 있다.

3. 맺음말

서경의 정의에 '시는 마음속의 뜻을 말로 나타낸 것이다.'라고 한다. '아리스토텔레스는 시는 '운율이 있는 글에 의한 모방이다.'라고 하였다. 문찬의 시가 바로 자신의 사상과 정서를 운율적인 언어로 언어의 질서 속에 압축하여 표현한 언어예술이다. 또한, 그의 시는 생활의 질을 높이기 위한 삶의 의미를 탐색하여 인생의 행로를 밝게 하는 주제 의식을 선명하게 드러내고 있다.

이종규 시인은 인간 생활 속에서 부딪히는 정서로 인해 신비감과 인간의 원초적 속성을 들여다보게 하는 시의 감성이 강해 보인다. 그는 자연에서 오는 여유로운 삶과 고향, 직업의식, 경로사상, 자아의 삶을 소재로 하는 시에서 다양한 시 세계가 조화를 이루는 미적 특성을 보여주고 있다. 또한, 감각적 언어 구사로서 시의 미적 가치를 높게 표출하여 독자의 공감대를 형성하고 있다.

시는 1인칭 즉 가장 개인적 언어로 심오하고 다양한 세계를 가장 무책임하게 파헤친다. 시를 창작하는 일이나 타인의 작품을 읽고 해부하고 평가하는 것은 존재에 대한 깊은 연구 없이는 참으로 어렵다는 것을 실감한다. 난해한 시를 벗어나 누구나 쉽게 이해하고 공감할 수 있는 시의 미학적 특성을 잘 형성한 이종규 작가의 시 세계는 삶의 지혜를 찾는 시인의 의지가 깊게 승화되어 있다.

바람의 고백

초판인쇄 2018년 4월 25일 **초판발행** 2018년 4월 30일

지은이 **이종규**
펴낸이 **장현경**   펴낸곳   **엘리트출판사**
등록일 **2013년 2월 22일 제2013-10호**

서울특별시 광진구 긴고랑로15길 11 (중곡동)

전화 010-5338-7925

E-mail : wedgus@hanmail.net

정가 **10,000원**

ISBN 979-11-87573-13-5 03810